KB080128

비 새

비 새

김
해
동

시
집

종문화사

시작 노트

릴케는 장미꽃에

가시가 붙어있는 것을 보고

'순수모순'이라 하였다.

본인에게 있어 시를 쓴다는 것은

어린 아이가 코끝에 가사를 붙이고 노는 것처럼

예술이란 향기(香氣)에 가사를 박는 일이 아닌가 생각한다.

천진한 아이와 장미는 순수 그 자체이다.

그러나 누구도 주목하지 않는

가시는 모순덩어리이다.

이제 그 릴케의 '순수모순'을

도모하려 한다.

2012. 첫 눈이 내린 날
김해동

I

사람만큼만
사랑하자

릴케는 장미꽃에
가시가 붙어있는 것을 보고

'순수모순'이라 하였다.
시인에게 있어 시를 쓴다는 것은

어린 아이가 코끝에 가사를 붙이고 노는 것처럼
미술이란 향기(芳氣)에 가시를 박는 일이 아닌가 생각한다.

천진한 아이와 장미는 순수 그 자체이다.

동판화

기름기로 덮인 흔적들을 올려놓는
익숙한 손
등기부 없는 집을 짓는다

전업한 생활을 부식시키며
산화되어 가는 형태들

단색으로 나부대는 차가운 동판의
뭉클한 가슴을 닦아 내면
전신으로 눌러 버리고 싶은 정갈한 유혹

동판과 종이의 전면을 맞대고
알 수 없는 관계의 반전을 흥분하면서
롤러가 굴러 간다

모서리와 모서리를 맞추고
어두운 구석을 빨아내며
백 번 굴러 한 번도 무너지지 않아야 하는

은밀한 생각들이
밤새
다른 몸으로 풀려나고 있다

생 일

까마귀가 나는 밀밭*에서
기다리던 후리지아의 계절은
철 이른 냄새를 익힌 육신을 반쯤 화병에 꽂고
발 벗은 맨발로 서 있었다
무사히 내가 있는 날
생일케익 위의 촛불을 끄면서
드디어 살아 낸 날들을
너무 쉽게 불어 버리지나 않았는지
몇 년을 더 보고 산다고 억측을 부린 일들이
모든 살아 있는 것들에게 미안해지는 오후
탁자에 옹이 같이 박힌 사람들
하루살이처럼 떨어지고 있다
날개보다 더 가벼운 삶의 무게
때로 순간을 산다는 것은 얼마나 홀가분한 일인가
길목마다 문을 열면 마지막처럼
어둠이 닫히고
하루의 미로를 빠져 나온 잠
글쎄 이것이 누구의 몸이기에

이리도 흥건히 베어 드는가

* 「까마귀가 나는 밀밭」: 빈센트 반 · 고흐의 작품으로 진해시 익선동에 있었던 민속주점의

  이름

회산 다리 옆 화실

해가 지는 반대편으로
그림자도 못 밟고 왔다

회산 다리 옆
안경집 쇼 윈도우
겹겹이 안경을 끼고
화실이 보이는 재래시장 바닥을
굴절시키고 있다

오래전부터 해와 달이 사라진
좁은 계단으로
바람도 깊숙이 몰려와
둔탁하고 날카로운 선을 번갈아 가며
땅거미 지는 한 구석을
익숙하게 드로잉하고 있다

아무리 그려도 닳지 않는
신화의 석고상들
정물처럼 앉아

두 눈 뜨고는 온전히 측량할 수 없는 것을
외눈박이로 응시하고 있는 사람

여러 가지 선들이 모여
하나의 입방체로 서기까지
우리는 서로를 얼마나 더 가늠해야 할지 몰라

해가 뜨는 반대편으로
그림자보다 먼저 갔다

단칸방

쥐새끼 발톱을 세우며
무반주로 뜯기는 천장

숨어 있는 소리의 힘을 받쳐 들고
네 모서리에 틀어박힌 기둥

스스로 그림자 하나 만들지 못하고
함부로 엎어져 있는 벽지

동공이 터질 듯한 백열등
모든 빛의 수액을 빨아들이고

방바닥에
지친 제 그림자 하나 겹쳐 깔고
막막한 그리움을 붙드는
홀로 눈 뜬 방이여

휴 식

빨랫줄에 널린 청바지같이
다리를 걸쳐놓고 누우면
빨래가 되는 몸
레고처럼 들어박힌 관절을
쉽게 쓰러뜨리는 탈골된 피곤이
함께 세탁 할 수 없다는
탈색 방지용처럼 경고하고 있다
'어린아이의 손이 닿지 않는 곳에
임산부는 전문가와 상의해서 복용 할 것!'
작업복에 붙어 있는 흔적들을 지우며
"여보, 문상 가야 해요. 챙길 것은 챙기면서 살아야
죠"
리모콘을 놓친 화면 일어서며
통째로 구겨진 육신을 다시 챙겨 입는다

빨래줄에는 철 들고 서 보지 못한 벌처럼
청바지들 뻣뻣하게 무릎을 꿇고
하루를 접고 있었다

귀향

검은 머리 물 떼 새
희귀하게 내려앉는 빈 들에
꾸리고 떠나는 마음들은 단단하다
성장을 마친 나무들처럼

갈증으로 쏟아 부은 여정
공허한 뒷맛을 흔들어 본다
몇 방울 수액이 흩어지면서
확 어둠이 번진다

적포도 속으로 발아하기 시작한 빛은
한창 때의 향기를 밀봉 한 채
수확기의 손들을 기다리고 있다

계절보다 빨리 익은 빛깔들은
고향으로 돌아가
비로소 잃어버린 집을 짓는다
운명은 침범하라

느리고 분주한 귀향의 마음을

양 심

내 방에는 갈색 반점들이
화선지처럼 번진 거울이 하나 있다

그 앞에 설 때마다 나는
내 생활의 연출가가 된다
일일 드라마 속으로 나를 내어 보내며
극 사실적으로 시대감각을 지켜 들고
어떤 일기보다 자세하게
나를 기록해 왔다

그러나 지금 이 우울과 환멸로
마주할 수 없는 너는
이미 나의 초상이 아니다

힘없는 사람들이 가장 자신있게 내뱉는
마지막 한마디 같았던 너는
세상 가장 편안한 높이에서
말없이 호소하고 있다

'양심이 있으라고!'

깨끗한 소멸

가끔 부시시 일어나는 사무실 한구석을 들고
옥상으로 올라간다

쓰레기를 분리수거 하면서부터
재활용하기 곤란한 서류들은 태우기 시작했다

A4 용지마다 빼곡한 활자들이
비밀처럼 빠져 나가는 것을 본다

이럴 때마다 공문에 꽂힌 나의 의식도
조금씩 들고 나와 태우고 싶어진다

금박으로 양장된 두꺼운 타성과
무수히 발송되어 올 가까운 미래마저도
미리 수거하고 싶다

살면서 꼭 한 번은 정리해야 될 일이 있으면
휴지통 속으로 걸어가라
이면지 같은 추억과

관철되지 못할 관념을 불 속으로 던져버려라

시집가기 전 누이가 모조리 태우고 간
일기장처럼
깨끗한 소멸의 불길을 잡아라

사람만큼만 사랑하자

마산시 부림동 먹자골목 안
그림과 시화들이 외상장부처럼 걸린
고모령 술집

M.T에서 돌아와 뒤풀이하던 날
목에 걸려 넘어오던 여름의 잔해
방바닥에 곰팡이처럼 피어났다

쌀물을 갈아주던 여주인에게
남은 쌀과 고추장을 주고 왔다

네온 불빛이 젊은 시간을 태우는 밤
학생들을 지도단속 나왔다가
신축 건물로 이전한 그 집을 찾았다

경이의 출세작을 꿈꾸지 않아도
조명을 받으며 술을 마시는 작가들
왜 아직 혼자 있냐고
"사람만큼만 사랑하고 살라" 한다

아! 나는 지금까지
사람만큼의 사랑을 모르고 살아 왔구나

개업 떡처럼
나도 누군가에게 나를 선뜻 나누어 주고 싶다

벽에 걸린 그림처럼
나도 누군가를 포구하고 싶다

운명

새파란 손을 붉은 햇살 속으로 밀어 낼 때부터
내 몸은 이미 물들었는지 몰라
여리고 순한 마디들이 밀려나올 때마다
끝내 주저앉아 버릴 관절들을 염려했는지 몰라

몸에 돋은 하얀 솜털로 생애의 물기를 쓸어가며
벌레, 수십 마리쯤 먹여 살렸지
비바람과 푸르죽죽한 문을 여닫을 때마다
어떤 사연들이 씨앗으로 여무는지 딱히 몰랐다
까맣게 타 들어 간 시간만이 입을 쩍 벌리고
씨앗들을 준비한다
가을이 아름답다고
누군가 감탄하기 시작했을 때
나무들 또 다른 삶을 준비했는지
가지 끝에서부터 말문을 닫고
식음을 전폐했다

입만 딱 벌리고 숨조차 쉬기 힘든 어머니
그녀의 생애가 산소마스크에 매달려

입속으로
붉은 혓바닥이 말려들어 가고 있다

검게 물든 한 장 낙엽처럼

비와 항아리

나는 텅 빈 항아리
혼자
어떤 것도 담을 수 없다

그러나
천둥과 번개를 앞세우고
드디어
그가 왔다

아무런 흔적 없이

나는 그의 항아리가 되어
밤새 속살거리는
그의 말을
듣고 있다

빗방울

나는 늘 혼자다

비가 보고 싶어
비에 흠뻑 젖어 보아도
끝내 비는 보이지 않고

혼자만 자꾸 떨어지고 있다

굉장한 혼자들끼리

길 없는 길을 내며
소리없이 흐르는
파멸

어디에도 없는
혼자

똑.
똑.
똑.

나는 빈 집에서 혼자
한없이
흘러내리고 있다

통유리 방

물살도 없이
불러 들어가
고요하게 가라앉은
나를 본다
투명하게 자맥질해 온 날들과
항상 맑게 조망해 온 일들이
순간 나를 가두고
포르말린 같은 삶을 강요할 때
세상 밖 풍경 어디쯤
누군가
'풍덩' 파문을 일으키자
비로소 나는 깨어진다

방을 버리고 나온 나는
부패한 도랑으로 흘러들어가
다시 혼탁한 집들의 창이 된다

가을밤

온 여름 뜨거웠던 신열 같은
그리움
실팍한 강줄기에 흘러 보낸 뒤
내 영혼은
퇴락한 거미줄에 망루처럼 걸려있다

가을 달빛은
차가워져만 가고
날카로운 비명소리 하나
어슴푸레한 창으로 날아든다

일방통행로에서 보는 신호등

개망초 핀 언덕길을 지나
일방통행로에 들어섰다
노을에 젖은 신호를 받는 황망한 시간

20년 가까이 남의 부채를 떠안고
더러는 산에도 가고
때로는 새벽녘
학교 운동장을 수십 바퀴씩 돌면서
그래도 '잊는 것이 사는 길'이라고
희미한 나무들은
그대로 숲이 되었다

기다린다는 어리석은 기대가
얼마나 치명적인 댓가를 치루게 하는지

전혀 무관하게 슬쩍 끼어드는 차량도
눈 감아 주어야 했다

들풀처럼 한자리에 나서

서로가 전부였던 우리
상처가 무엇인지 배반이 무엇인지
그저 삶이 상처라며
일방적으로 바라보며 살아 온 사람
한 번 잘 못 들면 때와 장소도 없이
체증에 시달리게 한다
일방통행로에서 보는 신호등처럼

II

김밥 파는
째즈피아노실

릴케는 장미꽃에   '순수모순'이라 하였다.
가시가 붙어있는 것을 본 곳   인간에게 있어 사를 쓴다는 것은

어린 아이가 코끝에 가시를 붙이고 오는 것처럼   천진한 아이와 장미는 순수 그 자체이다.
미술이란 향기(香氣)에 가시를 박는 일이 아닌가 생각한다.

김밥 파는 재즈 피아노실

재즈 피아노실에는 피아노가 없다
악보 대신 김밥 메뉴들이
오선지 위에 그려져 있고

건반을 두드리던 손이
팔뚝에 돋은 동맥 같은
젊은 시간을 쓸어 가며
김밥을 말고 있다

피아노 건반처럼 잘린 김밥은
포르테시모 선율로 포장되어
방음 없는 벽으로 배달되고

유성기 나팔 같은 유부 초밥
돌돌 돌리는 밥알로
누군가의 공복을 채울 것이다

쓸려져 나간 시간과
팔려져 나간 김밥 사이로 쏟아지는

환전(換錢) 할 수 없는 생활이여

김밥 파는 재즈 피아노실에는 피아노가 없다

진동 화장터에서

진동에서 보았다
푸르른 육신이
타버린 연기의 끝으로 가는 것을

하늘 끝까지
너를 보내는 소리들이
살아 있는 모든 물기를 말리고

뼛속까지 태워버린 뜨거운 기억들

서럽고 고운 하얀 몸을
한 줌 한 줌 집어 날리는
마지막 인연의 손들

너는 가슴 한복판에
불기둥으로 살아서
온 겨울
하얀 목젖을 까맣게 태우고 말았다

선택

누이는 스물아홉에 결혼해
한 달도 못살고 집을 나가
예순이 다 되도록 낯선 곳에서 혼자 살고 있다

때로는 그것이 남부끄러움이 되었는지 모르지만
얼마나 다행한 선택이었을까

엉뚱하게도 우리들의 선택은
눈으로 꼭 확인해야 하는
비디오 자막같다

모든 선택은 자유 그대로 있지만
우리는 떠날 수 없는 집의 빗장을
날마다 걸고 산다

무엇인가 선택할 것이 있다는 것은
이미 다른 시간대에 살고 있다는 것이다

누이가 떠난 길처럼
우리는 왜 선택하지 못하고 사는가

불혹

눈물의 향기로
흔들리는 청춘을 묻어 버린 여자

방치해 온 관습을 혼자 털면서
부채를 떠안고
산 같은 세월을 산 여자

뜨거운 물은 너무 그리워서 못 마신다

리모콘 같은 짧은 사랑은
모자이크 처리한 비디오 화면처럼
자꾸 뭉개진다

살기 위해 잊어버린 세월을
어색한 발음으로 떠 올리며
양장피 콘사이스 사전을
꿈처럼 안고 사는 여자

흔들리지 않는 나이의 유혹을 뿌리치고

어디든지 갈 수 있는 여자

아직은 꿈을 꾸고 있는 여자

흔들리고 싶은 나이

시집살이

잎담배 연기 내 뱉으며
인동잎 같은 청춘의 아랫도리를 밀어내고
서둘러 오던 계절

편두(偏頭)가 많은 제 부락 총각들의 정수리마다
서둘러 피다 먼저 지고만
아슴푸레한 처녀

총 메고 군에 가서
토끼 한 마리 못 잡고
멍석지고 장가가서
곡식 한 톨 못 늘고

어떤 고개 어떤 고개 해도
누이가 넘어가는 고개에는
석양이 붉고
달무리 가득한 우물물 한 사발로
밤을 삼킨다

바람 한 장 등에 붙이고
시집의 온갖 그늘을 태우면서
아직도 숨죽인 봉우리로 떨고 있는
누이여

그 어떤 시절이 와서
거두어 가리야
푸르고 질긴 삼(麻)으로 묶인
친정 길을

이데올로기의 바다는 매립되고 있다

불볕 같은 투기가 풍호 공동묘지를 담보로 자은 앞바다까지 매립하기 시작했다. 사선 구도를 잡고 들어온 토지수용통지서가 낡은 묘비 같은 선친의 도장을 붉게 물들였다. 미국 땅보다 좁고 비싼 땅을 넓히는 오징어 발, 문어 발, 다 가진 같은 성 바지 속에 발하나 없는 나는 얼마나 불쌍한 짐승인가? 야매 배로 밤새 통영 앞바다만 떠돌다 그 흔한 게다 짝 한 번 못 신어보고 오라비를 물 먹인 바다는 누구의 바다입니까? 오라비 오라비 가리비 국물에 국수를 비비며 길고 오래 목구멍을 메우며 살아볼 랍니다. 포성에 물든 밤이 축제처럼 얼얼 달아올랐지만 저것은 불꽃놀이가 아닙니다. 펄프 같은 진해 앞바다 사상이 사상을 굴비 두름처럼 엮어 빨갛게 수장 시키자 동리마다 과부 모 부어 놓고 곶감 빠지듯이 빠진 네 애비의 두 눈만 하옛 단다. 해방처럼 높다란 철조망을 뚫고 날아온 골프공이 마침표같이 개펄에 찍히면 아이들의 계절은 시작되고 그린 위에 헬로우의 멋진 버팅을 흉내 내며 보리밭을 쑥밭으로 만들었지. 몇 개의 섬들을 밀어내고 윗물 아랫물이 군살 없이 섞이면서 일찍 개화한 바다는 자신을 수식하던 숱한 말로 제 고장 시인 하나 못 만들고 억새풀이나 키우며 살아야 할 것인가? 태고의 생계와 유년의 꿈으로 조율 되어온 근친의 갯벌이여 제비새끼같이 입 벌린 조개들의 둥지여 기약 없는 바다의 뭍 새끼들아 날아간 갈매기 소리로 이의 신청이나 하고 말 것인가? 젖은 빨래처럼 늘린 분노마저 말라 버리면 매립된 새 번지를 찾아 가는 노랑부리 참새 떼처럼 흙먼지나 맡을 것인가? 사람이 해결하지 못한 일을 세월로 해결하면서 살아 온 초동 댁의 바다는 수갑 고리보다 짧은 소송에도 염전까지 다 날려버리고 오늘도 전설처럼 동치미 국물을 퍼 올리며 늦겨울 맛을 익히고 있었다.

오일장

카네이션보다 더 많은 주름과
장미꽃보다 붉은 꽃을 달고
어머니 장에 가신다
모시올 같은 세월을 동여매고
닷새에 한 번 기적소리를 따라 가신다
흐르는 물가에 앉은 비둘기 같은 눈으로*
배추 단 들추듯이 슬쩍 말을 놓으면
패인 주름만큼 정확하게 끝나는 흥정
거의 다 끝물들이다
부드럽고 딱딱한 일체의 것들이
검은 비닐봉지 속에 하나로 묶인다
'죽지 말고 사이소'
국수사리 같은 발을 구겨 넣고 앉은
오리 발 댁은
돈보다 먼저 안부를 챙긴다
희미하게 놓인 철길을 따라
닳은 관절을 둥글게 굴리면서
하루보다 먼 장을 보고 오는
어머니

* 성경 「아가서」 5장 12행에서 인용함.

46 비새

목련*

찢어진 바람 한 장 넘기지 못하고
간신히 꽂혀 있는 꽃

지나온 겨울색깔 혼자 지우며
지푸라기 옷 벗고
파란 하늘로 피를 거르러 간다

일주일에 한 번씩
투명한 고무호스와 처방전을
삭정 가지에 걸쳐놓고
시린 온도로 서 있는 나무

몸 밖으로 빠져 나온 혈관을 타고
다분히 기계적으로 살아있는 맥박이
느낌표로 움직이면

낡은 교지처럼
사라진 영광과 잊혀진 추억을 위해

가지마다 하얀 촛불을 켜고
축제를 기다린다

＊목련 : 진해여자중학교 교지명

선인장

삼십 년을 넘게 부리던 아이가
처음 말아 올린 머리로
커다란 가슴만 안고 집을 나갔다

빗물이 비켜선 목조 다다미
오래된 못은 빠지지 않고 삭아 내리는데
속 빈 선인장 같은 사람들
철조망 두른 기형의 몸들을 옮겨 심는다

가시로 커는 선인장
가두어 두었던 바람을 풀어놓고
일생 꼭 한 번 꽃을 피운다

온 집안
깃발처럼 게양되는
반란의 꽃

지도를 펼치면
개마고원 어디라도 손금처럼 환한데

평양사범학교의 희망이었던 화원
내게 어울리지 않는 꿈을 저버린 탓일까

손이 없는 선인장
모든 기억을 내려놓고
형벌처럼 가시를 박고 있다

신부

사월의 꽃들이
검은 가지를 떠난 뒤
엷고 빨간 뾰족한 잎들은
야산의 아랫도리를 휘감고
아카시아 향기를 풀어준다

파아란 하늘의 땅을 밟으며
담홍색 장미가 철조망을 넘어 갈 때
성긴 햇살 사이로
이웃 노처녀가
드문드문 걸어가고 있다

중환자 실

시린 잿빛 바다에 떠 있는 해
가슴 한 쪽을 뜨겁게 데워준다
석양처럼
전부의 일부가 전이되면서
마지막을 위협하고 있다

위태로운 부위를 비집고 들어간 빛 하나
하얗게 떠오르는 물살을 휘감고
수평선처럼 누워 있다

간판

조감도가 건축심의에서 빠지면서
실직한 친구가
간판 집을 낸다고 연락이 왔다

붓을 놓고 한 동안 선배의 간판 집에서
아무런 견적 없이 올라가
견적된 간판의 아찔한 높이를
수없이 매달았다

그의 간판 집에는 아직 간판이 없다

밀린 주문이 간판의 뼈대보다 단단하게
비닐천막을 당기면
컴퓨터가 그려준 까다로운 깊이를
감각하는 익숙한 칼집

살아남은 글자들이
비누거품처럼 모여들고
일체의 물기를 빼내며

납작하게 굳어 가는 간판들
저마다의 거리를 누빌 것이다
간판 없는 사람들에게 말을 걸면서

세든 집의 높이만큼 잘린
철골구조 사이로 용접봉을 갖다 대면
알루미늄 빛의 새살이 차오르고
내일이면
그의 간판은 붉은 벽돌을 뚫고
확 피어 날 것이다

능소화

계절이 바뀌어도 그녀의 담벼락에는
능소화가 피어 있다

지난여름 공모전을 준비하면서부터
향기 없는 꽃을 무수히 그려 넣어야 했다

그러나 그녀의 능소화는 모두 떨어졌다

밀린 일들이 입상자 명단같이 늘어선 집을 나와
그녀는 능소화를 지우려 화실로 간다

낡은 시멘트 모트타르 벽만 남기고
기어오르는 능소화의 푸른 동맥을 자르면서
흘러내리는 주홍빛 꽃잎마저 덮어버렸다

그녀는 이제 그녀만의 벽으로
걸어가야 한다

붓을 잡은 손이 벽에 부딪히며

긁히고 아련히 피가 배어 나오도록
보이지 않는 바퀴를 굴러가야 한다

공모의 눈보다 더 많이
공개될 눈들을 위하여
그림의 벽 속으로 달려가야 한다

입대

입영장정 환영 프랭카드가 붙은
신병훈련소 정문 앞
가을하늘을 바쳐든 시든 잎들이 떨고 있다

돌아보고 오줌도 안 눈다던 곳으로
방금 떨어진 낙엽 같은 자식들
주섬주섬 몰려가고
나목처럼 남은 사람들
잦은 바람에 겨워 손을 흔든다

나무와 낙엽
끝나지 않을 목숨의 회귀

아들아
더 먼 곳으로 너를 놓아 주련다

상처

가을비에 떨어진 모과들을 줍는다

연두빛 군데군데 멍든 자국 속에
오목하고 단단하게 여문 살이
지난여름 비바람을
보여주고 있다

그처럼 꼭 만나야 했던 졸음운전

순간의 선택은
고독한 시련의 시작에 불과했다

수환이의 정강이뼈를 뚫고 들어간
쇠자국과 여기저기 터져 기운 흔적이
모기장처럼 여름 병실을 지켜 주었다

링겔 바늘에 꽂힌 가늘고 느린 시간이
구름도 버리고
바람도 버리고

사람도 버리고
링겔액 같은 그리움도 버렸다

길고 앙상한 모과나무
이제 그의 분신들을 버리고 있다

상처 가득히 안고 떨어지는
모과들

모두 수환이의 무릎을 닮았다

수목장

꽃비가 내린다
분홍진물이 눈처럼 쌓인 길을 따라
화장막으로 떠나는 모자여

향기 없는 벚꽃사이로
서러울 것 없는 하늘이
비만 내리고
이승에 젖은 견고한 물기가
불구덩이 속으로 사라질 때
아!
마지막으로 불러보는 육신의 이름
아 · 버 · 지

비는 내려서
뿌리 깊은 슬픔을 다독여 주는가
상주처럼 서있는 검은 나무들
하얀 꽃잎들을 붙이고 떠날 줄 모른다

작은 아들 작업장으로

한 상자 들려 온 당신
천년을 산다는
어린 느티나무 묘목 밑
육십 평생이 한 줌으로 날아든다

이제 젖은 가슴 만 묻으면
혼령처럼
연초록 잎들은 다시 피어나리라

비새

비새가 운다

넋이 나간 아들의 눈에
하얗게 비가 고인다
마당 가득 늘린 곡식처럼
황급한 오후
가위로 반 잘린 하늘에
비새가 운다

눅눅한 예언들이
먹구름처럼 몰려오고
넋이 나간 아들의 눈에
천둥이 치고
비새가 운다

억수 같은 그리움들이
거룩하게 쏟아진다

외출

이른 봄 바다에 동백꽃이 떨어지고 있다

바다 가까운 마을
제일 높은 곳에서 피어나
비바람을 맞으며 한자리를
떠나보지 못한 나무

살면서 단 한 번도
바깥세상을 구경해 보지 못한 사람이
전설 같은 그의 삶을 떠나
동백꽃 속에 눈처럼 잦아들고 있다

그의 하얀 분신이 빨간 꽃술을 달고
동백꽃 속에 다시 피어나고 있다

그리운 것은 애초에 누워 있었는지
그가 지켜온 생애는 온통 수평선이었다
그가 키워온 꿈은 바다가 전부였다
그래서 그의 바다는 혼자 빠지지 않는다

비로소 그 사람은 그가 태어난 자리에서
단 한 번 외출을 한 것이다
이른 봄 바다에 떨어져 누운
동백꽃처럼

유호리스케치 기행

릴케는 장미꽃에   '순수모순'이라 하였다.

가시가 붙어있는 것을 보고   시인에게 있어 시를 쓴다는 것은

어린 아이가 코끝에 가시를 붙이고 노는 것처럼   천진한 아이와 장미는 순수 그 자체이다.

미술이란 향기(香氣)에 가시를 박는 일이 아닌가 생각한다.

경 주

마음이 황폐해지면 경주로 간다

주춧돌만 남은 폐사지(廢寺地) 위에
천년을 닮은 구름과 바람결에
굽은 등을 긁고 있는 소나무들
남산 한 자락을 끌어다 베고
번갈아 가며 선잠을 청하기도 하지

조선 땅 고려 땅을 지나 땅에 닿으면
숨은 주춧돌마다 기둥을 세우고 불을 밝힌다
꿈이어도 이렇게 찬란하지 않으리

상심한 자 집을 잃은 자
그리고 눈먼 자들이여
오라
와서 신라 땅의 주춧돌이 되어
꿈의 궁전을 지어 보아라

영락 왕관을 묻어 버린 뜨락으로

순금 빛 꿈을 찾아
경주로 가자

남해 기행 1

남해 바다
그 흘 감친 지절률을 확인하며
관상용 철조 새장이 도로변에 매달려 있다

구조라 망치 몽돌로 살아남은 바닷가에서
잃어버린 새의 울음을 우는
동백꽃

전설처럼 저녁놀에 젖고 있는
이루지 못한 사람의 꿈이
희귀하게 날아가고

산이 되어버린 구름과
물이 되어버린 산 사이에서
팔색조의 바다로
떨어지는 붉은 새소리

식초

식초에 발을 담근다
가지런히 쓸어 넣은 무쪽같이
하얀 사발에 담긴 발가락들

중국집에서 제일 미더운 음식이
식초 뿌린 단무지라고
군말 없이 먹어 치우기도 했다

석판화는 늘 그랬다
식초 섞은 물에 판을 씻고 말리면
손때 타지 않은 기름기
혼자 그림을 그린다

미더운 것과 사추(邪推)스러운 것이
한 사발에 있긴 하지만
변명처럼 이유는 한가지다

사소한 것에 온전한 지혜가 있고
지혜로운 것에 온전한 방관이 있을 뿐

은하사

못 다 이룬 이승의 꿈들이
은하수에 씻기어
구지봉 하늘로 쏟아지는 밤

머-얼리서 가까이서 온 사람들
낡은 단청처럼 붙어 앉아
차를 마신다

낯설게 합장하는 손마다
마주 잡을 수 없는 인연이
열 손가락으로 흩어지고

풍화된 석탑 그림자를 밟으며
낯익은 불빛이
익숙한 얼굴로 풍경 소리를 듣고 있다

익숙해진다는 것은
무관심해지는 것

현판 위에
어린 물고기를 풀어 놓고
속세의 물을 우려내고 있는
은하사

토성 발굴지에서

가시덤불에 둘러싸인 토성 앞에
국도 25호선*을 구겨 쥐고 서 있는 포크레인

기원 이후 가장 큰손을 내려놓고
잃어버린 왕조의 지층을 찾아간다

순서 없이 실려나간 흔적 위에
풍화된 도시의 주춧돌을 핥는 흰 손들을 보아라

맑은 혈관 같다
부패한 권력의 살을 파고드는

문득 담을 넘고 싶었다
저마다 귀족인 이 도시의 왕궁으로 기어 들어가
성곽을 부수고 수천 년 포박 당한
꿈을 풀어주고 싶다

번화한 도시로 흘러드는 소문을 잡고
해일 같은 물살로 몸살 하는 시대의 발굴이여

더 이상 밝혀 낼 수 없는 지층에 묶여
'관계자 외 출입금지' 저녁노을이 서성거리면
사금파리처럼 박힌 현장 사람들
수십 세기의 어둠에 다시 묻히고 있다

* 국도 25호선 : 부산 창원을 잇는 지방도로

전신주

어둠이 사라진 땅 위에
면역의 깊이로 꽂혀 있는 주사기
몇 뭉치 구름을 약솜처럼 닦으면서
파랗게 질린 하늘 한 쪽을 수혈하고 있다

근접할 수 없는 촉수로 길과 길을 맞잡고
혈관의 마디를 딛고 걸어가면
빛의 항해로다

찬란한 수로를 따라
빛은 건물들 사이로 흐르지 못하고
개폐기로 맴돌며
신도시의 미명에 감전된다

이상 근력증으로 꿈틀대는 거리
흩어지는 빛의 본능이여
나를 불러내 다오
한 번쯤 생시로 살고 싶은
야맹증을 벗겨 다오

꺼지지 않는 빛의 심장으로
허황한 문명의 한 철을 보내고 싶다

터널

하루를 살면서도 터널 몇 개씩 지난다

수의계약처럼 어딘가에 견적되어 있을
나의 생활
주파수를 놓친 난 시청지대로
공복의 아침을 달려 나가는
애벌레 같은 얼굴들

무사히 돌아올 수 있을까
우선 탁한 공기를 피하여 숨을 멈추고
차폭등을 켠다
상대 불빛을 실눈에 꽂으며
세상 가장 깊숙이 앉아
어두운 껍질 하나씩 벗는다
낭하의 지름길로 높게 나르며
때론 없다는 것이
이렇게 가벼운 힘이 될 줄이야

모든 브레이크를 풀고 싶은 저녁이면

밤의 수문을 열고
불빛만 흘러 보내는 터널
어둠을 밀어내면서 기다린다

뜨겁게 날아드는 불나방들의
마지막 귀향을

우기의 유적

사량도* 넘어가는 재빠른 구름
열린 하늘을 닫으면
수평선 목에 걸고 바다의 집을 짓는다

물기둥을 세우고 구름의 궁륭을 올리며
천둥의 하늘을 덮었다

온 여름 물에 갇힌 유적지로
드문드문 흩어진 공룡 발자국을 따라가면
사실, 우리 모두는 발바닥도 못 된다는 것을 …

삼손처럼 불려 나온 비치파라솔
풀리지 않는 중심을 꽂고
그리운 궁전을 꿈꿀 때
안내표지판 높이로
물에 잠긴 발자국들
과거의 힘을 다시
밀어 올리고 있다

* 경상남도 통영시 사량면 금평리에 위치한 섬

반지

혼자 바다에 왔다

그리움에 얽매여 살아 온 날들
수평선처럼 간결하게 앉아
어느 깊이에서도 도사리지 않는다

활활 석양을 태워
진혼(鎭魂)으로
억겁의 날카로운 선 하나 꼭 쥐고
무념한 그리움에 부풀어
빠지지 않는
반지도 혼자다

가을날

책갈피에 꽂아둔 왜솜다리처럼
그립게 여윈 기억을 몰고
강변도로를 달린다

한때 문명이 흘러들던 뱃길
지난여름 토사가 산성 높이로 떠올랐지

제방에 엎드린 나무들
속살 다 타도록 따가운 수혈을 막고
가슴에 옹이 하나씩 박았다

아름다운 무늬목이란
얼마나 깊은 상처인지를 보여주면서

구름이 그늘을 챙겨
얕은 강물의 얼굴을 익힐 때

노란 은행잎 하나
좀처럼 여울목을 빠져 나가지 못한다

파란 강물의 지문처럼

동백나무

남해 바다의 동백나무 숲에도 눈이 내렸다

드물게 오는 귀한 손님처럼
동백 푸른 잎은 잔설을 무등태우고
통발 어선이 발동기 소리를 굴리며
수평선을 넘어 갈 때까지
바닷물에 제 몸을 대고 있었다

토실한 잎들의 뚫린 구멍이나
바다의 비늘을 쳐
흰 속살을 파먹는 파도나
바위 틈새 이끼처럼 붙어 있는
낚시꾼의 얼굴에도
제 몸을 대어 본다

동백꽃이 피는 일도
동백꽃이 지는 일도 모르게
사철 푸른 몸속에 소금끼 저린
가슴시린 푸른 뼈를
밀어 올리고 있었다

유호리 스케치 기행

바다 가까운 마을에서 육지를 돌아서
찾아 온 거제도 유호리

민박하던 집들이 떠난 자리에
개발에 묶인 어민들의 눈이
부표처럼 떠오르고 있다

이곳 주민보다 많은 화가들이
백지의 아침을 들고 들어가
선잠 깬 풍경들을 옮겨 놓는다

땅끝까지 따라온 아스팔트는
선착장에서 하얀 시멘트를 밀어내고
어망보다 더 주름진 손들이
빠져나갈 꿈들을
다시 엮고 있을 때
바다는 탈색되어 가고 있었다

가열되어가는 캔버스들

저마다의 풍경을 전사하는데
이미 많은 것을 생략한 것이 그림이라면
모든 생각들이 단순해지는
이곳에서는
아무것도 생략하고 싶지 않다

곧 육지로 사라질 섬들이
짙게 모여 들기 시작하자
붉은 해 하나
낙관처럼
바다의 한 모서리에 찍히고 있었다

비누방울

아침보다 분주히 밤이 들락거리는 동네
아이 하나 옥상난간에 앉아
비누방울을 불고 있다

코일망을 빠져 나온 기름진 방울들이
푸석한 거리로 쏟아지면
철문을 빠져나간 이웃 사람들
방울방울 집으로 돌아오고
낮은 담장의 발을 씻기고 있는 불빛

엄마를 기다리며
비누거품처럼
세상 가장 가벼운 무게로 사라질
그 무엇을 위해 아이는 입김을 분다

엄마가 돌아오는 버스 종점까지
가로수 빈 가지에
따뜻한 불빛을 달아 주고 싶은 것이다

머나먼 은하의 별들을
보여주고 싶은 것이다

낙엽 1

소문처럼 무성한 빛깔들이 모여들고 있다

가벼운 높이에서부터
벌레 먹은 상처를 말려 온 잎들이
일제히
죽음을 시위하려 간다

바닥에서 바닥으로 구르는
텅 빈 무게여
아픔이 베이지 않게
쓸쓸함마저 굴러 버려라

조문객처럼
돌아가는 길을 잡고
머뭇거리는
따뜻한 낙엽들

아이비 넝쿨

돌담의 사이 돌 하나 빠져나간 자리에
발자국만 남기고 죽은 아이비 넝쿨이 있다

촉수 끝에 마른 풀잎 하나
오래된 향토길처럼 붙들려 있고
바람이 지날 때마다
무수한 길을 그리고 있다

깨진 유리창과 뜨거운 모래 바닥을 지나
차가운 알루미늄샷시의 길까지는
미처 생각해 보지 못했다
비닐과 녹슨 철골을 움켜쥐고
기어갈 때도 몰랐다
그토록 간절하게 그리워했던 것이
사이 돌이 빠져나간 자리가 아니라
그 무엇으로도 닿을 수 없는
허공이었음을

남해기행 2

거가 대교가 완공되면
더 이상 돌아올 수 없는 길이
실타래처럼 감겨드는 데

펜션으로 바뀐 언덕마다
해일이 끊어 놓은 길과
태풍이 찢어 놓은 나무들이 걸려 있다

'변하면 변할수록 더 처참해지리라'*

날카로운 수평선 하나
어디고 한 번 쓱 지나간다

먼 등대에 붙은 새소리를 따라
동백꽃이 토악질한 길을 오르면
모두가 벽이었구나
개발과 기대에 걸려 있던 모든 것들을
허무는 안개

결국 하나로 지워지기 위하여
이 길을 왔구나

* 「전시의 담론」 중에서 인용한 것임 - 프랑스 속담

시계꽃

담쟁이넝쿨 밑둥을 잘라내고
시계꽃을 삽목하였다

담벼락에 그어놓은
수많은 담쟁이넝쿨 길 위에
야생의 촉수가
황급히 그의 길을 감아올릴 때
여기저기
하얀 시간들이 피어난다

말라 죽은 담쟁이의 몸을 타고
만장처럼 매달리는 화려한 시간들

삶과 죽음의 시간들이 함께 매달려
시계가 된다

활짝 멈춘 시간들이
근조화(謹弔化)처럼 굳어간다

섬마을

섬마다 해가 진다

바다의 세상을 빠져 나온 파도들이
울긋불긋 손을 받쳐 들고
저녁을 준비하고 있다

붉은 한덩이의 식사를 위해
먼 산들이 먼저 내려와
짭짤한 식탁을 차린다

크고 작은 섬들이
둘러앉은 식탁에
고깃배 한 척 놓이면
해를 삼킨 섬들은
검은 숯불이 되어 타 들어 가고

잘 익은 눈빛들이
옹기종기 박힌 집으로
다시 모여 들고 있다

스키 소묘

후라노 로프웨이를 타고 다운힐 제3로망스에 올랐다

가파르게 하강하는 온도를 품고
한 발 한 발 눈은 내리고
하얀 적막 속에서 내가 볼 수 있는 것이 길이다

슬로프에 그어놓은 어지러운 선들은
속도가 헤집고 간 공포다

칼끝으로 일어서는 비탈마다
가볍게 실린 생존이 제어하는 부드러운 질주

생각해 보면 수없이 쓰러지면서
서로의 추락을 부추겨온 우리사이

찬바람에 던져진 군더더기 몸짓
익숙하게 다시 일으켜 세우며
한 점 물음표처럼 돌아 갈 때
위태로운 경사면을 버터 온 중심의 힘

가볍게 낭하의 지름길로 떨어지는 순간
바람은 잠시 서 있고 나는 비로소 허공이 된다

이제 지나온 길들도 다 지워지고
다시 외줄에 매달려 숨을 고른다
날카로운 선 하나 긋기 위하여

지워지지 않는 흔적

릴케는 장미꽃에 '순수모순'이라 하였다.
가시가 붙어있는 것을 보고 시인에게 있어 시를 쓴다는 것은

어린 아이가 코끝에 가시를 붙이고 노는 것처럼, 천진한 아이와 장미는 순수 그 자체이다.
마술이란 향기(香氣)에 가시를 박는 일이 아닌가 생각한다.

술

술이 세상의 모든 중심인 밤

누룩 같은 삶을 밀주처럼 감추고
채 발효되지 못한 언어들을
술잔에 빠뜨린다

책갈피에 꽂아둔 풀꽃 같은
여자들이 하나씩 빠져나가면
빈 잔으로 쓰러지면서
술은 술로서 취하지 않는다고
다만 무너지는 그 무엇을 위해
흔들리고 있을 뿐

대체로 투명한 내부를 드러내며
방울방울 떨어지는 술병 같은 사람들

숙성된 어둠에 묻혀
술이 전부인 세상으로 돌아가고 있다

졸업 유감

책상 모서리를 끌어 앉고
날카로운 펜으로 부조해 온 시간이
석상처럼 풍화되어 가는
마지막 학기

처방전 없이 투약해 온
날들을 목안 깊숙이 삼키며
上記의 내용은 이상이 없다는
수입증지를 붙인다

동봉한 모든 서류는
목도장을 쥐고
사열대의 열병처럼
연대보증인 앞을 지나가고

우리들의 천국에서 당신들의 지옥까지는
사랑도 우정도 인간성도 아닌
서류 봉투와 우표를 밀착시키는
접착제의 통로다

군살 없이 박힌 짧은 경력을
빠른 우편으로 접고
둥근 철제 스탬프에 찍히는
다시 돌아 갈 수 없는 세월이여

더 이상 나를 찾지 말라고
우체통에 너를 집어 넣는다

실직(失職)

아이들이 땅 따먹기 하다가 돌아 간 놀이터에

다채로운 형태로 그려진 삼각형들

서로의 선을 넘어 가지 못하고

빼앗긴 영토의 경계처럼 서 있는

우리들의 가장(家長)

분 재

성산포를 밟고 온 해송 발자국이
해작사* 근무지로 무던히 오솔길을 내면
집채 같은 뿌리를 묻고
정교한 높이로 잘리는 나무
온 몸에 수의를 입고 자란다
눈을 건드려서는 안 된다
물 찬 외마디를 깊게 키워내야 하는
손을 대 본 손들은 안다

자꾸만 눈대중으로 사라지는 곁 가지들

출근과 퇴근 사이
징검다리 같은 지폐가 놓여 있고
엘리베이터 문틈으로 빠져 나온 빈자리
고도 제한까지 올라간 높이를 한 칸씩 자르며
한 평 공유 면적을 점유하고 있는 사람들
문이 열리면 일제히 달려 갈 것이다

웃자란 아이들의 키와
발부리가 드러난 이웃들의 의식을 피해

* 해작사: 해군작전 사령부의 준말

고추씨를 털면서

농작 모서리를 감친 고춧잎 장식들
그 많은 씨의 세상 풀어 주지 못하고
고추씨 기름 같은 시집 살림을 살아 왔다

혹독한 자기애
검인중 받고 싶은 푸른 몸
소상히 드러내고
정념의 보색으로 물들어 가던 이중생활
한 톨 씨앗의 우성을 위해
한 철 부식의 방부를 위해
먹감 빛으로 바랜 꿈 감 잡았다

스스로 멈출 수 없는 것은 공포다

태양빛에 수축시킨 세월을 따라가면
매운 살 얇게 저미는
메마른 원형들을 보아라

가위로 반 잘린 살점들이

문중의 모든 관계를 털어 놓는다

공포보다 두렵게 들어박힌 씨의 내력을
사리처럼 쏟아 놓는다

25시 편의방

자정은 잠겨 있었다

알코올은 뇌수에서 부표처럼 떠오르고
어디 바람 없는 곳
머뭇거리는 어둠을 밀어내면
무릎 빠진 청바지들
돌아가지 못하는 방황을 곁눈질 한다

모퉁이 돌같이 닳은 셀프서비스
저렴한 빈 잔을 채우며
해독되지 않는 사이의
거슬러 받고 싶은 맨 정신을 마신다

몰려 있는 시간의 분침 사이로
장물 같은 몸을 숨기며
새벽을 떠나지 못하는
숨어 있기 좋은 방

담

이웃집 사람이 집을 짓겠다며
측량동의서를 들고 찾아왔다

드물게 남은 돌담 사이로 깃대가 서고
삼각대 위에 실타래처럼 감겨 있는 이웃들
자로 잰 땅에 못 박고 담을 헌다

헛간으로 타 오르던 음지 식물의 촉수가
환한 이웃의 벽을 더듬을 때
먹통을 빠져 나온 여러 생각들이
한 줄에 매달려
날카로운 먹물이 튄다

부지런히 산다는 것도
결국 어딘가에 담을 쌓는 일이라며

기초를 파고
시멘트 물을 뚝뚝 흘리며
새로운 골조의 뼈마디가 일어선다

수십 년 지켜 온 넓은 돌담 밑자리를 들어내고
좁고 단단한 벽돌담을 쌓고 보니 알았다

누구에게나 애초에 담은 없었고
한 치도 양보할 수 없는 경계가 있었음을

지워지지 않는 흔적

조카아이는 입사시험을 준비하면서
얼굴에 박힌 점들을 뺐다

한번에 서른두 개씩 세 번에 걸쳐
깊고 얕은 점과 좁은 흉터까지
레이저로 지져냈다

한 달 가까이 세수를 하지 않고
모자를 쓰고 햇볕을 피해 다녔다
새살이 차오를 때까지
사뭇 묽어진 점이나
아예 사라진 점의 자리가
새삼 신기하게도 입사를 하고
일 년이 지났다
그러나 해가 갈수록
빠진 자리에 그대로 다시 자라는 점들

입사의 흉터로 생각했던 점들이
당당하게 돌아오고 있었다

지워지지 않는 흔적처럼
온전히 그 자리에 다시 박히고 있었다

기일

칠월 칠석 장마비 마음마저 헐거운데
손톱을 보았는가 발톱을 보았는가
콩기름 태워 올리며 익어가는 명태전

과일처럼 각처에서 몰려든 피붙이들
간 배인 고기 같은 세상을 들먹인다
복잡한 제사상보다 더 복잡한 인간사

물빨래 다 거두고 닫힌 문 죄다 열고
세 번씩 나눠 따른 이태 묵은 포도주를
세 번씩 돌려가면서 헛 꿈꾸듯 절한다

평 균

지구의 인구 삼분의 이가 굶는다고 한다
60억 중 20억만 하루 세끼를 먹는 셈이다
대한민국은 삼분의 일에 해당되어
평균적으로 하루 세끼를 먹고 산다
북한 사람들은 삼분의 이에 해당되어
평균적으로 굶고 산다

결식아동기금마련콘서트에 갔다
공복처럼 빈 객석에 앉아
공연을 보고 있자니 눈앞이 어지러웠다
평균도 못 나누는 땅에서
평균도 못되는 양식을 보태기 위해서
그저 한 끼 굶어 보았을 뿐
대한민국사람이 다 하루 세끼를 먹는 것도 아니고
북한사람이 다 하루 세끼를 굶는 것도 아닌데
찢어진 프랭카드처럼
콘서트의 노래들만이
허기의 광기를 메우고 있었다

구경하는 집

연안 김씨 문중 산 한가운데
또 다른 공화국이 꿈을 품고 있다

최적의 입지조건이 불러 낸 청약자들
혈압약 같은 주택부금 통장을 쥐고
조감도처럼 길을 메우고 있다

공복을 참으며

'먼저 혈압수치를 떨어뜨려야 합니다'
혈액 속에 콜레스트롤이 문제이고
특히 혈장에 상처가 났을 때
제대로 피를 응고 시키지 못하면…

일그러진 적혈구처럼 빠져나간 중도금

로얄층 아래서부터 가슴이 뛰기 시작한다
구경하는 집에 들어와
공연히 평수만 넓혀가며

현미경보다 더 자세히 구조를 살핀다

떨리는 수족으로 센스를 대면
생각의 모든 것은
환하게 읽혀진다

생전에 다시 분양 받지 못할
육신의 집에 들어와 알았다

눈으로 알 수 없는 그 무엇들은
이미 누군가가 읽고 있다는 것을

시간을 넣어주세요

지하 5-1호실
모든 통제가 끊어진 방에서 노래를 부른다
깊은 계단을 따라 숨어든 빛이
테크노 조명에 실려 돌아가고
1시간에 10분을 더 올린 시간도 돌아간다
무수히 예약된 노래를 찾아가는 시간이
어떤 노래보다 빠르게 사라지고
투망 속에서 튀어 오르는
물고기 같은 젊음이여
어떤 발산으로도 대신 할 수 없는 열기가
마이크 속으로 붉은 꽃을 피우자
'시간을 넣어주세요' 빨간 자막이 깜박이기 시작한다
무심코 불러버린 노래의 시간을 다시 채우지 않으면
더 이상 조명은 돌지 않을 것이고
노래의 심장도 굳어 버릴 것이다
'시간을 넣어주세요'
노래를 불러야 살 수 있다면 동전을 넣어야 한다
유예된 목숨을 춤추며 다시 노래하려면
동전을 넣어야 한다

노래방기계처럼 누군가
무심코 살아버린 시간들을 다시 넣어준다면
세상은 저 노래들만큼 다시 즐거울 수 있을까

'시간을 넣어주세요. 동전이 떨어졌어요'

'시간을 넣어주세요. 동전이 떨어졌어요'

'시간을 넣어주세요. 동전이 떨어졌어요'

'시간을 넣어주세요. 동전이 떨어졌어요'

오해

다분히

침묵으로 갈아입은 너의 표정을

슬쩍 슬쩍 피해가면서

서로의 마음은

폐선처럼 가라 앉는다

자화상

- 빈센트 반.고흐의 작품

'그림 속에는 작가의 영혼이 담겨 있어야 한다.'

글쎄 그것이 작가의 사인 속에 있는 것인지
캔버스 뒷면에 숨어 있는 것인지
참 알 수 없는 일이야

빈센트 반 고흐는 자신의 얼굴을 그릴 때
되도록 노란색 계열로 칠하고
배경은 짙은 파란색으로 둥글게 돌려가며 칠했다
그래서 자신의 얼굴이 밤하늘에
깊숙이 떠 있는 별처럼 보이게 하려고

그림 속의 영혼은 우리들의 마음처럼
그림의 어디에도 존재하지 않는 것

고흐가 그린 것은 그의 얼굴이 아니라
하늘의 별이다
영원을 살고 싶은 우주를 그린 것이다

아무도 그릴 수 없는 그의 영혼이
잘린 귀를 감싸고 푸르게 돌아가면
그의 얼굴은 머나 먼 별이 된다

봄밤

여린 새순 같은 얼굴들이
황사에 젖어
그리운 이의 곁에 향유처럼 앉아있다

누구나 타고난 제 몫만큼의
복을 가지고 산다고 하지만
유독 그들만은
표절할 수 없는
숭고한 교단의 정치(情致)한 말씀을 듣는다

그 진리의 언사(言辭)들이
혼탁한 문헌들과 둔탁한 논리 사이에서
날카롭게 벼려 온 시간들을 교정한다

불온(不穩)한 시대의 칼날에
화려한 참치의 부위들이
성찬의 밤을 물들일 때
정교하게 빠져 나온 눈알 하나
술의 향기가 되는 봄 밤

고추를 말리면서

그의 곁에는 광대뼈로 뒤덮인 사람들만이
햇볕을 쪼이고 있네요
한창 때는 포동하게 푸르른 몸매가
어디에도 딱 맞게 고추 서 있었는데
온통 푸르죽죽하게 진땀나는
주변 삶 속에서
그도 저도 같은 생각으로 물들어 갈 때
물 한 방울 삼키지 못하고
두 눈이 아리도록 누적된 그리움만
불거진 뼈마디마다 말라붙은 주름진 살 부비면서
주홍글씨를 쓰고 있네요

이제 서로의 젖은 자리를 말리는 일도
서로가 메마르게 닮아가는 일이라며
붉어가는 몸을 슬쩍슬쩍 뒤집어 주네요

짝사랑

처음부터 그를 탐닉해 온 것은 아니었다
단지 땀에 젖은 살갗이 그리웠을 뿐

진정 사랑한다면 전부를 내어줄 일이지만
생애의 피를 놓고 벌이는
냄새와의 전쟁

내 몸은 애초에 냄새를 가졌으니
생채로 뜯겨야 한다

부드럽고 연약한 몸짓으로
날카롭게 파고드는
금지된 사랑

피로 채워진 투명한 느린 몸을
무겁게 나르면서
기어이 그에게로 가서 죽는다

V

모자이크화

릴케는 장미꽃에   '순수모순'이라 하였다.
                                              시인에게 있어 시를 쓴다는 것은
    가시가 붙어있는 것을 보고

어린 아이가 코끝에 가시를 붙이고 노는 것처럼,   천진한 아이와 장미는 순수 그 자체이다.
    미술이란 향기(香氣)에 가시를 박는 일이 아닌가 생각한다.

눈(雪)

뜨거운 불판 위에
신앙적 고백이 타면서
향기로운 눈이 내린다

눈은 내려서
제 가슴을 후려 헤친 사내와
예수 없는 십자가를
보듬고 살아 온 여자의
해묵은 세월을 해결한다

몸에 붙은 비늘 같은 피곤이
켜켜이 떨어지며
기나긴 동면을 묻어 버리고

눈은 샛별처럼 돌아온
작고 외로운 마음을 붙잡고
서로의 길을 가고자 한다

늙어 가는 창포*

싱거운 촛농 냄새로 중심 미사를 마치고
구역 모임을 떠난다
비늘처럼 일어나는 눈빛들이 말씀의 바다로
순교자의 노래를 투망질 하고
수족관에는 어선을 닮은 느린 어족들이
빼곡히 정박하면서 마지막을 기다린다
마지막을 기다리는 기름 빠지는 일
때로는 저항의 배를 뒤집고 물에 뜨면
값없는 몸이다
물을 버린 분신들 먼저 끓는 물에 집어넣고
도타운 햇살 벗은 칼집으로
뼈째 쏠리는 번제물
유다의 눈물처럼 레몬 향이 떨어지고
저 무고한 맛을 먹는 입들은 거룩할지니
오른편에 배를 두고 왼편에 성당을 두고
전능하게 늙어 가는 창포
노을에 앉은 빛이 냉담자를 권면한 빛이다

*창포: 마산시 진동면에 위치한 포구이름

성모의 계절

시냇물 속의 돌을 들어내듯
숨어 잠든 어린 기억을 떠내고 싶어
엷은 미사포를 챙겨 들고
주중 미사에 간다

비리 먹은 잎들 사이로
푸른 애벌레처럼 기어 다니던
삼육보육원

팔딱 팔딱 숨만 붙은 것을
디딤돌에 눌러 죽인 년아

눈도 못 뜨고 죽은 동생을
가슴에 묻고 떠나온 둥지
오월 하순 비 오듯 씻을 수 없었지

한 번에 열 번씩 백 번을 부인해도
바꿀 수 없는 나의 본명 같은
기억이여

장미 가시덤불 속에 서 있는 마리아여
용서하는 일도 용서받는 일도
애초에는 없었던 것이라고
말하지 않았나요?

부활절

봉긋한 뿌리의 중심을 묻고
축제를 기다리는 나무들
제 몸을 말갛게 내어주고
젊은 주위를 받아 준다
마른 하늘이 젖은 땅의 지퍼를 걷어 올리면
폭죽처럼 일제히 터지는 꽃망울들
저리도 하얀 몸을 숨기고 살았을까
온 산에 흰 띠를 산성처럼 두르고
강강수월래 치는 동네
사흘 피는 꽃을 위하여
이순신의 바다로 꽃보다 많은 사람들이 떨어지고
꽃다운 죽음을 알리지 못한 꽃들이
가장 행렬을 몰고 온다

초벌구이로 박힌 해군 성당
계란에 그려진 수난의 밑그림을 벗기면서
흰빛을 눈처럼 날리는
사월의 꽃이여

부활처럼
누구도 함께 가지 못할 길을 갔구나

결혼식

성당에서는
결혼식과 장례식이 같은 제대에서 이루어진다

목에 나비 띠를 동여맨 신랑 앞으로
상여처럼 흰 드레스를 끌며 가는 신부
각자 달려온 마지막 길 위에 섰다
무채색의 예복 속에 오색 융단 같은 욕망을 감추고
백년을 기약하면서 또 다른 생활을 강요 받는다
카메라셔터가 터지고
다시 돌아 올 수 없는 길을 화동이 먼저 걸어간다
천천히 흩어지는 결혼행진곡
영원을 꿈꾸며 하얀 꽃가루를 밟는다
기뻐도 우는 것이 사람만의 우화인지
가슴 터져 나오는 이 물길은 분명
서로의 육신을 태울 불길이 될 것이다

부케에 묶인 정념이여
나는 너의 꿈이 되어

너를 받아주지만
너는 이미 이승의 꽃이 아니다

빛의 거리

할머니는 사람이 죽으면
다른 별에서 태어난다고 늘 말씀하셨다
그 별에서 살다가 죽으면
또 다른 별에서 태어나고
그렇게 수없이 죽어서 끝없이 태어나다 보면
우리의 영혼은 우주 끝까지 갈 수 있을까
빛은 1초 동안 지구를 7바퀴 반을 돈다고 한다
그 속도로 지구에서 달까지는 1초 조금 넘게 걸리고
태양까지는 500초
안드로메다 은하계에서 지구까지는
2백만 년이 걸린다고 한다
그러니 무엇을 두려워하랴
아침마다 달려오는 이 빛이 2백만 년 전
안드로메다 자리에서 달려온 것이라면
안심하라
너의 죽음마저도 안심하라
천당과 지옥마저도
광활한 빛의 대지에 쏟아버리고
영원의 시간이 보내준 이 빛과 함께

무수한 영혼들이여
빛의 거리를
믿고 사랑하여라

세례성사

손을 씻어야 한다
이미 모든 냄새가 베인
손을 씻어야
또 다른 향기에 취할 수 있으리라

붉은 융단을 밟고 갈 자신을 위해
요단강 물로 과거의 손을 씻어라

거룩하게 밀봉된 코르크를 따고
머리끝에서부터 헤어날 길 없는
몸속까지 포도주를 부어라

전신으로 스미는 독주의 무서운 질주

첨탑 위의 종을 흔들며
순간, 불신의 어둠들이 쓰러진다

성호를 그으며
거대한 가족의 문이 열리고

피아노 건반처럼 서 있는 사람들
또 다른 이름을 얻기 위하여
차례대로 이마에 물을 바른다

태반 같은 성체 속으로
숨겨온 왼손을 내민다

모자이크화

성당에는 벽이 없고
모자이크화만 혼자 서 있다

안과 밖을 마주잡고
떠날 수 없는 서로에게
빛의 등을 보여주고 있다

원색의 욕망을 검은 윤곽선에 가두고
어두운 높이에서 좀처럼 빛을 받지 못하는
그들의 사생활

분명한 형태의 기도들이
천장에서 바닥으로 빛을 부르면
다분히 추상적으로 분해되는 그의 집
빛이 아니면 들어 갈 수 없는
원죄처럼 달라붙은 도상들을
원색적으로 풀어준다

성당에는 벽이 없고
모자이크화만 혼자
모든 기도의 힘으로
서 있다

낙엽

나 여기 왔습니다
당신이 보내신
그 모습 그대로
그 좋은 날들
흙먼지로 밟히면서
이제
쉬어가라 하네요
세상 가장 낮은 자리에서
가루 가루가 되어
마지막 남은 햇빛을
받으려
나 여기 왔습니다

김해동 시집, 「비새」

김열규
(서강대학교국문과 명예교수)

1_ 시 작품의 다섯 가지 가름

1) 그나마 서정이며 정서도

시인은 '비 새' 서문에서 스스로 그의 시집, '비 새'
에 부치는 해설을 펼쳐 보이고 있다. 그나마, 그의 작품
에 대한 해설이며 해석을, 다른 사람에 의해서는 더는
필요 없을 정도로 거의 온전하게 해내고 있다. 자기 작
품집의 요점을 꼬집어내고 있다.

본인의 「비 새」는 '현대인의 욕망의 기전들과 그 진
실' 이란 부제를 달고 있다. 본 시집은 다음과 같은 맥락
으로 이루어져 있다. 먼저 본인의 일상적인 삶의 경험

들을 채록하면서 그에 적요한 모티브에 주목하였다. 통유리 방, 반지, 단칸방, 동판화 등은 본인의 모습을 대변하고 있는 대리물이자 메타님이다. 본인이 주목한 또 다른 소재는 지인들의 삶을 내러티브로 재구성한 것에 있다. 이를테면 친구, 가족, 선생님을 비롯한 본인의 멘토분들, 타인의 죽음 등과 같은 소재들은 주체를 상실한 '타자로서의 의식'을 야기시켜 주고 있다. 또 한 가지는 자연대상과 사물들에 대한 관찰과 접근으로써 그들의 내면과 본질을 탐구하는데 있다. 나아가 본인은 현대인들의 다의적인 욕망구조와 제 사회적인 관계를 파고들어 현대인들의 탈 주체적인 정황을 비판하고 고발하는 데 역점을 두고 있다. 마지막으로 본인은 가톨릭신자로서 생활주변의 공담들과 경험담을 종교적인 관점에서 해석하고자 하였다.

이렇게 다섯 가지로 그의 작품의 추세며 주제가 요약되어 있는 것으로도 이미 그의 시가 만만치 않으리라는 예감에 사로잡히게 된다. 이 다섯 가지를,

① 일상적인 삶에 대한 경험의 채록
② 지인들의 삶에 대한 내러티브조
③ 자연대상과 사물들에 대한 관찰과 접근

④ 현대인들의 다의적인 욕망구조와 제 사회적인 관계를 파고들어 비판하고 고발될, 현대인들의 탈 주체적인 관점

⑤ 가톨릭 신자로서 가진 종교적인 관점

이처럼 요약하고 보면, 그의 시가 꾀 까다롭기 이를 데 없으리라는 것을 눈치채게 된다. 흔히, 시라고 하면 으레 떠올리게 마련인 서정이니 정서니 아니면 정감이니 하는, 등등만의 부드럽고 안온한 시선으로 그의 작품의 전모가 잡히지는 않으리라는 것을 예감하게 된다.

그렇다고 해서 그가 전통적이라고 해도 좋은 서정이나 정서를 영 나 몰라라 하고 있는 것은 아니다.

"온 여름 뜨거웠던 신열 같은
그리움
실팍한 강줄기에 흘려 보낸 뒤
내 영혼은
퇴락한 거미줄에 망루처럼 걸려 있다

가을 달빛은
차가워져만 가고
날카로운 비명소리 하나

어슴푸레한 창으로 날아 든다"

「가을밤」

이렇듯이 쉽사리 공감될, 서러운 감상에 저린 서정을 그는 읊기도 한다. 그 경지는 다음 「비새」'에서도 비슷하게 독자들 가슴에 전해져 올 것이다.

"비새가 운다

- 중략-

눅눅한 예언들이
먹구름처럼 몰려오고
넋이 나간 아들의 눈에
천둥이 치고 비새가 운다

억수 같은 그리움들이
거룩하게 쏟아진다"

이처럼 서러움에 저린 서정, 애달픔이라고 해도 좋을 시정도 그는 웅얼대고 있다. 그럴 때, 그는 비창(悲愴)을 울먹이는, 노래꾼이 되기도 하는 것이다. 하지만 이

경지는 그의 시 세계에서는 드문 편이다. 그의 시인다
운 본색은 이로 그치지 않는다.

그의 시 작품의 본질에 다가가자면, 무엇보다 앞에서
요약해 보인, 1)에서 5)에 이르는 작품이 갖는 추세에 다
가들어야 한다. 앞에 인용된 서문에서 시인 자신이 내
보인 지시를 안내인 삼아서 다가들어야 한다.

2) 다섯 범주의 작품들

"가끔 부시시 일어나는 사무실 한 구석을 들고
옥상으로 올라간다

쓰레기를 분리수거 하면서부터
재활용하기 곤란한 서류들을 태우기 시작했다

A4 용지마다 빼곡한 활자들이
비밀처럼 빠져 나가는 것을 본다

이럴 때마다 공문에 꽂힌 나의 의식도
조금씩 들고 나와 태우고 싶어진다

금박으로 양장된 두꺼운 타성과

무수히 발송되었을 가까운 미래마저도
미리 수거하고 싶다

살면서 꼭 한 번은 정리해야 될 일이 있으면
휴지통 속으로 걸어가라
이면지 같은 추억과
관철되지 못할 관념을 불 속으로 던져버리라

시집가기 전 누이가 모조리 태우고 간
일기장처럼
깨끗한 소멸의 불길을 잡아라"

「깨끗한 소멸」

　이 작품은 '1) 일상적인 삶에 대한 경험의 채록', 바로
그것이다. 이렇듯이 그의 시는 일상적인 삶의 르포, 현지
보고 같은 것이 된다. 그나마 범상스럽지 못한 르포다.

　다음, '2) 지인들의 삶에 대한 내러티브 구조'를 읽을
차례다.

　"조감도가 건축 심의에서 빠지면서
　실직한 친구가

간판 집을 낸다고 연락이 왔다

　중략-

그의 간판 집에는 아직 간판이 없다

밀린 주문이 간판의 뼈대보다 단단하게
비닐 천막을 당기면
컴퓨터가 그려준 까다로운 깊이를
감각하는 익숙한 칼집

살아남은 글자들이
비누거품처럼 모여들고
일체의 물기를 빼내며
납작하게 굳어 가는 간판들
저마다의 거리를 누빌 것이다
간판 없는 사람들에게도 말을 걸면서

세든 집의 높이만큼 잘린
철골구조 사이로 용접봉을 갖다 대면
알루미늄 빛의 새살이 차오르고
내일이면

그의 간판은 붉은 벽돌을 뚫고

확 피어 날 것이다"

「간판」

이에서는 간판 집을 차린 친구의 삶의 몰골이 간판의
모양새와 이중창으로 노래되고 있다. 요약해서 묘사된,
그 친구의 삶을 풀어 헤치면, 거기 한 지인의 삶의 이야
기가, 곧 내러티브가 펼쳐질 것이다. 아무리 작은 한 토
막의 이야기에라도 엎치락뒤치락 줄거리 엮어가는 서
사(敍事), 곧 내러티브가 꿈틀거리게 된다. 한 순간이, 한
대목의 사건이 서사시 같은 속내를 갖추게 되는 것이
다. 이럴 때, 시인은 간곡한 얘기꾼이 된다.

그러던 시인은 화두며 자세를 바꾸어서는 '3) 자대상
연과 사물들에 대한 관찰과 접근'을 노래에 담는다.

"소문처럼 무성한 빛깔들이 모여들고 있다

가벼운 높이에서부터
벌레 먹은 상처를 말려온 잎들이
일제히
죽음을 시위하러 간다

바닥에서 바닥으로 구르는
텅 빈 무게여
아픔이 베이지 않게
쓸쓸함마저 굴러 버려라

조문객처럼
돌아가는 길을 잡고
머뭇거리는
따뜻한 낙엽들"

「낙엽1」

뒤에서 소상하게 언급될, '부등(不等)의 등식(等式)'의 포에지, 곧 시학이, 이 짧은 시에서 낙엽을 두고도 불거져 보인다.

이제 시선을 "4) 현대인들의 다의적인 욕망구조와 제 사회적인 관계를 파고들어 비판하고 고발될, 현대인들의 탈주체적인 관점"이 드러나 있는 작품으로 옮겨갈 차례다.

"나 여기 왔습니다
당신이 보내신
그 모습 그대로

그 좋은 날들

흙먼지로 밟히면서

이제

쉬어 가라 하네요

세상 가장 낮은 자리에서

가루 가루가 되어

마지막 남은 햇빛을

받으러

나 여기 왔습니다"

「낙엽」

이 시에서 '나'라고 일컬어져 있는 '시적(詩的) 자아 (自我)'와 낙엽을 구별할 수는 없다. '흙먼지'가 되고 '가루 가루'로 존재하기로는 '나'와 갈잎은 한통속이다. 일심동체다. 시인 자신의 말대로 '탈주체적'이라고 할 수밖에 더는 다른 길이 없다. 바람에 휘날리고 지고 하는 낙엽, 짓밟히고는 흩뜨려지는 낙엽에 대놓고 시적 자아가 마지막 햇빛을 �쐰다한들, 그게 뭐가 되는 걸까? 한 장의 유서 아니면 유언장에 켜진 촛불 같은 것에 지나지 않을 것이다.

다음은 마지막으로 '5) 가톨릭 신자로서 가진 종교적인 관점'이다.

"시냇물 속의 돌을 들어내듯
숨어 잠든 어린 기억을 떠내고 싶어
엷은 마사포를 챙겨들고
주중 미사에 간다

비리 먹은 잎들 사이로
푸른 애벌레처럼 기어 다니던
삼육 보육원

팔딱 팔딱 숨만 붙은 것을
디딤돌에 눌러 죽인 년아

눈도 못 뜨고 죽은 동생을
가슴에 묻고 떠나온 둥지
오월 하순에 비 오듯 씻을 수 없었지

한 번에 열 번씩 백 번을 부인해도
바꿀 수 없는 나의 본명 같은
기억이여

장미 가시덤불 속에 서 있는 마리아여

용서하는 일도 용서 받는 일도

애초에는 없었던 것이라고

말하지 않았나요?"

「성모의 계절」

이 작품도 다른 작품처럼 난해하다. 아니 한층 더 난해하다. 경건할 기도도 정성에 어린고회도 독자들이 쉽게는 받아들일 수가 없다. 제 삼자인 독자와는 무관하게, 오직 자신이 자신에게 이르는, 궁극적인 혼잣말이기에 그럴 수밖에 없다. 난해하지 않고는 따질 겨를이 없다.

한데도, '용서 하는 일도 용서 받는 일도 애초에 없었던 것'이라는 그 기도문이 의미하고 있을 것은 예사롭지 않을 것 같다. 용서 하고 용서 받고 하는 그 이전의 앳된, 순연한 순진무구를 시인은 '장미 가시덤불 속에 서 있는 마리아'에게 다짐 두고 있을 것 같다. 그것은 규격이 주어지고 제도화되고 관습화되기, 그 이전의 천진무구일지도 모른다.

2_ '부등의 등식' ; 카오스에서 코스모스로

이렇듯이 다섯 가지 범주로 묶일 김해동 시인의 작품

은 읽기가 만만치 않다. 심히 난해하다. 그래서도 그의 포에지, 이를테면 시정신이 그렇듯이 그의 수사학 역시 만만치 않다. 독자는 그의 시를 읽으면서 가시밭 헤집 듯 해야 한다. 무리지어 있는 가시를 헤치고서야 겨우 장미에 다다르되, 그 장미의 모양새며 향을 두고 사람 마다 생각이며 소견이 다를 수밖에 없다. 그것은 그의 수사학이 심히 난해하기 때문이다.

그 난해함을 확인하는 것이 김해동 시인의 시 읽기가 된다. 그것은 어디에서나 어떤 작품에서나 확인될 것이 지만, 기왕 앞에서 보기로 든 작품으로 돌아갈까 한다. 그 작품은 다름 아닌 '깨끗한 소멸'이다.

'가끔 부시시 일어나는 사무실 한 구석을 들고'
'공문에 꽂힌 나의 의식'
'금박으로 양장된 두꺼운 타성'
'무수히 발송되었을 가까운 미래'
'이면지 같은 추억'

이들 시 구절들은 읽는 사람 눈을 따갑게 자극한다. 성가시게 굴기도 한다. 네 가지의 은유와 한 가지의 직 유가 읽는 이를 어리둥절하게 만들고 있다. 이미지들이 왠지 수상쩍다. 비유법이라는 것은 워낙, 서로 이질적인 것을 하나로, 서로 사이좋게 어울리게 해서는 새로운 의미며 현상이며 존재를 빚어내기 마련인데, 여기 들어 보인 비유법들은 그 원칙을 넘보고 있다.

'일어나는 사무실', '한 구석 드는 사무실', '공문에 꽂힌 의식', '금박으로 양장된 타성', '발송되었을 미래', '이면지 같은 추억'…

이들 비유법에서는 앞에서 수식하거나 한정하고 있는 말과 뒤의 수식되거나 한정되어 있는 말 사이에 갈등이며 마찰이 말썽을 피우고 있다. 사무실은 일어날 수도 없고, 구석이 들릴 수도 없다. 일반적으로 말이 안 되는 말들이다.

'사무실이 일어나다' 니? 그게 무슨 말이야? '사무실이 한 구석 드는 것' 은 또 뭐야? 읽는 이들은 이렇게 묻지 않을 수 없다. 뿐만 아니다. 타성이 금박으로 양장될 수 없듯이 미래는 발송될 수 없다고 고개를 저을 것이다.

일반적으로 비유법에서는 두 언어 사이에 등가(等價)의 것들끼리 등식(等式)을 이루고 있기 마련이다. 가령, '꽃피는 웃음', '서리치는 외로움' 등의 비유법에 기댄 표현에서는 수식하는 말과 수식받고 있는 말 사이에 근친(近親)관계가 엮어져 있다.

실제로는 웃음이 꽃필 수도 없고 외로움이 서리 칠 수도 없지만, 언어 표현의 차원으로는 새 것의 창조고 발

견이다. 읽는 사람이 그러려니 할 수 있다.

한데 앞에서 들어 보인, 김해동 시인의 비유법들에서는 이것이 용납되지 않는다. 그의 비유법에서는 두 언어 사이의 '부등(不等)의 등식(等式)'이 크게 구실하고 있다. 같을 수 없는 것끼리가 원수 외나무에서 만나듯 하고 있다. 산문의 차원이나 일상 언어활동의 차원으로는 말이 안 되는 것들이다.

이런 보기를 들자면 끝이 없다.

'가시덤불에 둘러 싸인 토성 앞에
아스팔트를 구겨 쥐고 서 있는 국도 25호선'

「토성 발굴지에서」

국도가 아스팔트를 구겨 쥐다니 그것은 불가능하다. 이런 그의 수사법은 계속된다. 다음 구절에서도 마찬가지다.

'번화한 도시로 흘러드는 소문을 잡고
해일 같은 물살로 몸살 하는 시대의 발굴이여'

「토성 발굴지에서」

시대의 발굴이 해일 같은 물살로 몸살하다니, 도무지 잡히는 게 없다. 이런 보기들은 요컨대, 시인이 보통 언어에서는 같이 묶일 수도, 서로 짝지을 수도 없는 이단(異端)끼리를 서로 연줄 묶어주는 중매꾼 노릇을 하고 있다는 것을 증언하게 된다.

한데 이런 보기는 허다한 작품에서 만나게 된다.

"생애의 피를 놓고 벌이는
　냄새와의 전쟁"

「짝사랑」

"아! 나는 지금까지
　사람만큼의 사랑도 모르고 살아 왔구나

　개업 떡처럼
　나도 누군가에게 나를 선뜻 내어 주고 싶다
　벽에 걸린 그림처럼
　나의 사람들을 포구하고 싶다"

「사람만큼만 사랑하자」

한데 이런 부등의 등식에 의지한 비유법은 비유되는 두 사항 사이에 별로 큰 갈등 없이 순하게 멋진 이미지를 더러는 창조해내기도 한다.

"온 여름 뜨거웠던 신열 같은

그리움

실팍한 강줄기에 흘러 보낸 뒤

내 영혼은

퇴락한 거미줄에 망루처럼 걸려 있다"

「가을 밤」

그러나 김해동 시인다운, 보다 높은 특색은 비유되는 두 사항 사이의 크나큰 상거(相距)에서 찾아질 것이다.

"야생의 촉수가

황급히 그의 길을 감아올릴 때

여기저기에서

하얀 시간들이 피어난다"

「시계꽃」

하지만 그 상거가 마침내 상호 모순을 포함한 갈등이 되고 쉽게는 타협이 이루어지지 못할, 억센 대립이 될 때, 이 시인의 포에지는 더는 위가 없을 절정에 올라서게 된다.

그래서 김해동 시인의 포에지는 '부등의 등식'이 된다. 그것으로 그는 이 세상의 온갖 이질적인 사물과 현상 사이에 연분을 맺어주고 있다.

　남들에게는 동떨어져 있는 것, 외따로 멀어져 있는 것들, 그래서 필경은 카오스에 불과할 경지에 있는 것들로 김해동 시인은 마침내 그 나름의, 코스모스를 빚어내고 있다. 그래서도 그의 시는 창세기(創世記)가 될 것이다.

ㅂ| 새

초판 1쇄 인쇄 2013년 2월 30일 | 초판 1쇄 출간 2013년 3월 15일 | 지은이 김해동 | 펴낸이 임용호 | 펴낸곳 도서출판 종문화사 | 편집 · 디자인 에이틴 | 인쇄 한영문화사 | 제본 한영문화사 | 출판 등록 1997년 4월 1일 제22 - 392 | 주소 서울시 중구 충무로4가 120 - 3 진양빌딩 673호 | 전화 (02) 735 - 6893 팩스 (02) 735 - 6892 | E-mail jongmhs@hanmail.net | 값 8,500원 | © 2010, Jong Munhwasa printed in Korea | ISBN 978 -89 - 87444 - 99- 4 03810 | 잘못된 책은 바꾸어 드립니다.